¡Vaya sombrero!

Montserrat Cabo

A mis hijos, Jaume y Alvar.
A Jaume.

ediciones sm
Joaquín Turina 39   28044 Madrid

A María le gusta mucho la ropa.

Es una manía.

Cuando empieza a ponerse cosas,
no hay quien la pare.

Busca y rebusca.

Con cualquier cosa se hace un disfraz.

9

Tiene mucha imaginación.

María puede parecer muchas Marías.

Un día, al salir a la calle, todos la miran.

Ella cree que es la niña
mejor vestida del barrio.

Pero cuál es su sorpresa
al descubrir el motivo.

Ha olvidado quitarse algo de la cabeza.

¡Qué vergüenza!

Todos la habrán visto...

con unas bragas en la cabeza.

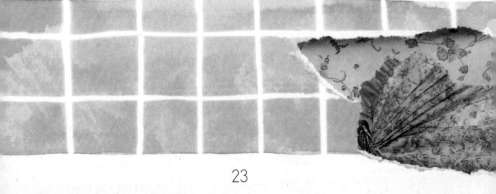

El disgusto le dura unos cuantos días.
No se atreve a salir de casa.

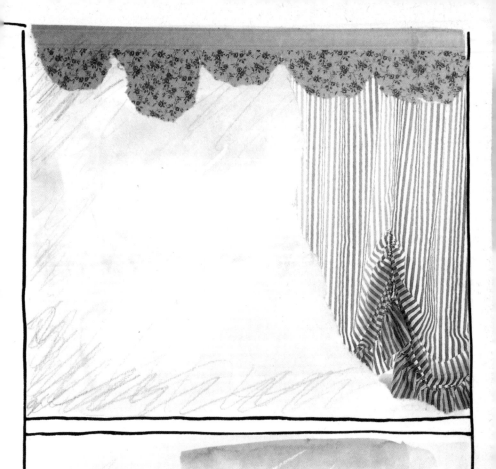

Una mañana, al mirar por la ventana...

¡María no puede creerlo!
La señora Estefanía,
que siempre va a la última moda...

¡Ha triunfado la moda «bragabeza»!

Colección dirigida por **Isabel Cano**

Traducción del catalán: *Gemma Lienas*

Título original: *La dèria de la Cèlia*
© Del texto e ilustraciones: Montserrat Cabo, 1994
© Ediciones SM, 1994
  Joaquín Turina, 39 - 28044 Madrid

Comercializa: CESMA, SA - Aguacate, 43 - 28044 Madrid

ISBN: 84-348-4391-9
Depósito legal: M-21921-1994
Impreso en España/Printed in Spain
TGA, SL - Mantuano, 27 - 28002 Madrid